Discovering America

3 Geschichten von

David Mazzucchelli

ARRACHE COEUR

EDITION MODERNE

Aus dem Amerikanischen von

Hans Jürgen Balmes

Die Originalgeschichten

sind bei der Rubber Blanket

Press in den Heften RUBBER

BLANKET 1, 2 und 3 erschienen

Copyright © Arrache Cœur, Zürich 1996
Lettering: Dirk Rehm
Druck: Zollenspieker, Hamburg
Vertrieb: Edition Moderne, Zürich
ISBN 3-907010-97-3

▶ Near · Miss ◀

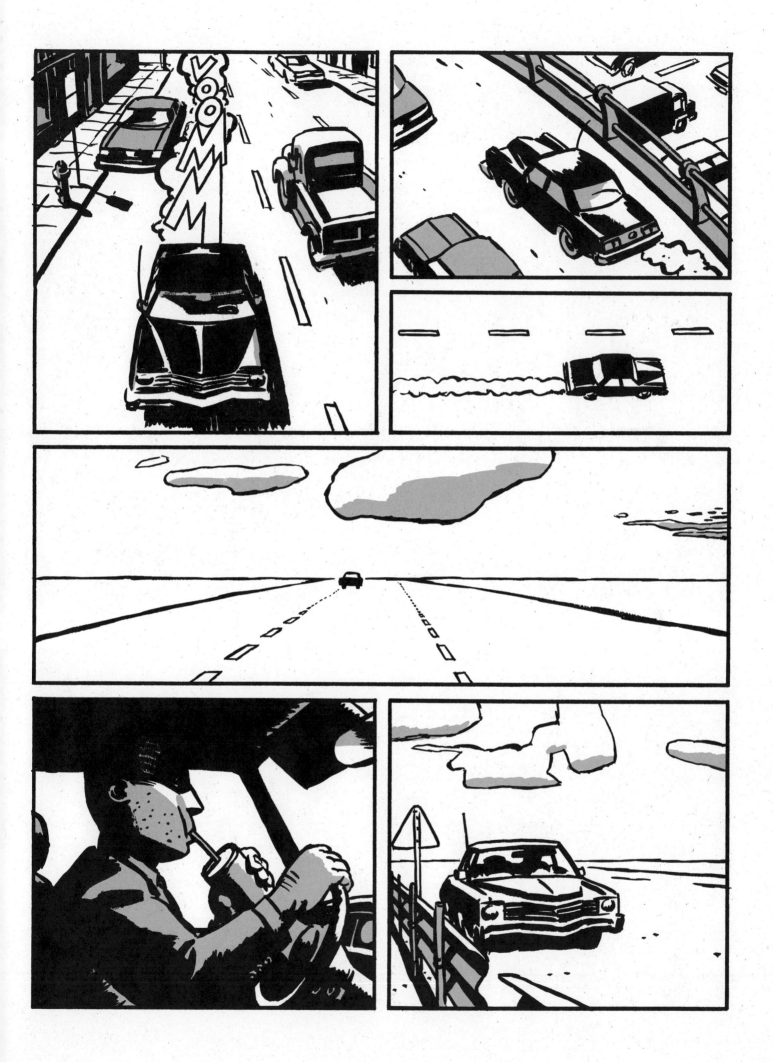

OH...

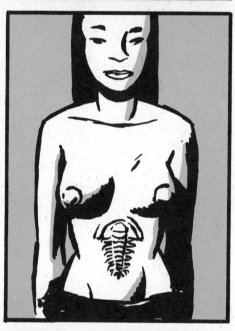

BY: DAVID MAZZUCCHELLI

DISCOVERING

AMERICA

MAZZUCCHELLI

DER ATLANTIK WAR SCHON WIEDER DANEBEN.

ES IST WIE EIN PUZZLE — DER UMRISS DES WASSERS MUSS GENAU IN DEN UMRISS DES LANDES PASSEN, PERFEKT.

ABER DIE WELT IST NICHT PERFEKT.

UND DESHALB MACHT MAN KARTEN ... UM ORDNUNG ZU SCHAFFEN IM ZUFÄLLIGEN PLAN DER NATUR.

UM DAS UNSICHTBARE SICHTBAR ZU MACHEN, ZIEHEN WIR LINIEN ÜBER DIE ERDE, WERFEN EIN RIESIGES NETZ ÜBER DIE WELT.

UM ETWAS FESTZULEGEN, EINEN ORT, EINEN NAMEN.

EINE FRAGILE GEWISSHEIT, DIE VON JEDEM STAATSSTREICH, BÜRGERKRIEG AUS DEN ANGELN GEHOBEN WERDEN KANN.

JEDEN TAG LIEFERT DIE ZEITUNG NEUE INFORMATIONEN, ALTE GRENZEN MÜSSEN GELÖSCHT, ALTE NAMEN AUSRADIERT WERDEN; EINE NEUE FARBE, EIN NEUES LAND.

BALTICS

JEDEN TAG EINE NEUE WELT.

GEOGRAPHIE IST DER
ZWILLING DER GEOMETRIE.

WIE DIE MATHEMATIK ODER
DIE SPRACHE IST SIE EIN
SYSTEM, UM DER WELT
SINN ZU GEBEN.

DONNERSTAG...

HAT NICHT PYTHAGORAS ENTDECKT, DASS DIE
ERDE RUND IST?

A FÜHRT ZU B, B ZU C UND SO WEITER,
ABER VOR A IST NICHTS, UND
NACH Z IST NICHTS.

VIELLEICHT EIN
ANDERES
NICHTS.

ODER VIELLEICHT DAS
GLEICHE NICHTS, DAS
ALLES VON A BIS Z UM-
GIBT UND UMKREIST,
SO DASS AUCH OBER-
UND UNTERHALB VON
A NICHTS IST, NICHTS
VOR UND HINTER B,
VIELLEICHT
SOGAR NICHTS
ZWISCHEN B
UND C — ZIEHT
MAN NICHT
DURCH BEIDE
PUNKTE EINE
GERADE.

WUNGK

WOHNST DU HIER?

TJA, ICH BIN DER...

...HAUS- MEISTER.

ABER NUR TAGS- ÜBER, DAS HIER IST MEINE RICHTIGE ARBEIT.

SCHAU! HIERAN ARBEITE ICH SCHON SEIT VIER JAHREN, GERADE HABE ICH MIT DER ERD- KUGEL BEGONNEN.

ALLES HÄNGT DAVON AB, EINEN WEG ZU FINDEN, ETWAS DREI- DIMENSIONALES IN ETWAS ZWEIDIMEN- SIONALES ZU ÜBER- SETZEN...

...UND ES TROTZ- DEM ZU BEHALTEN,

BEI **MERCATOR** WIRD ZUM BEISPIEL ALLES GROTESK...

...ZU DEN POLEN HIN VERZERRT.

WO SCHLÄFST DU?

SO, WIE, MMH,...

...HAST DU HERAUSGE- FUNDEN...

...WIE...?

...WAS...?

ACH, KOMM SCHON.

WAS, MEINST DU...

...ETWA, DU HÄTTEST...

DU BRINGST MICH GANZ DURCHEIN- ANDER.

ICH, ICH WEISS EINFACH NICHT...

ZACK, ICH BIN KEIN KIND MEHR,

...WEISS ICH... ICH DACHTE NUR...

ICH MEINE, DU WIRKST SO...

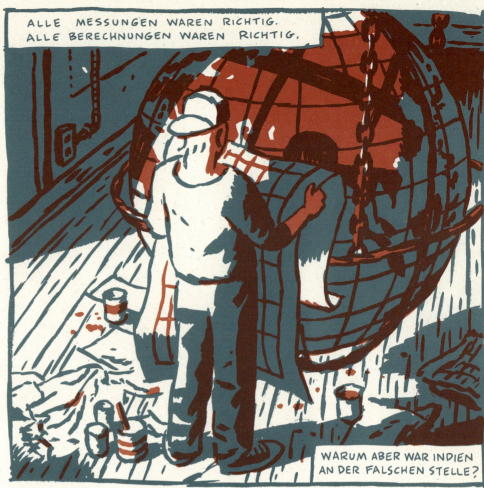

"... BEDEUTET GEFALLEN ODER FREUNDLICHKEIT VON JEMANDEM, DEN MAN KENNT,"

Der Sinn, den man ersinnen kann, ist nicht der ewige Sinn.

WAS?

LIES DAS.

WEISST DU, ALS DU SAGTEST, "ZUM ABENDESSEN",...

... ICH KOCHEN? DAS KÖNNTE DEINER GESUNDHEIT SCHADEN.

TJA, WENN WIR EINE WOHNUNG MIT EINER RICHTIGEN KÜCHE HABEN...

PUH, LANGSAM,

DU BLEIBST AUF DEINER STRASSENSEITE, UND MIR GEFÄLLT ES HIER,

JA, KLAR...

VORLÄUFIG NOCH,

SONNTAG

HEY, DU STEHST MIR IN DER SONNE.

MMH?

"WO BIN ICH?"

DIE SCHNELLSTE STRECKE WÄRE DIE KÜRZESTE, DIE EUKLID ALS DIE GERADE DEFINIERTE.

ABER AUF EINER KUGEL GIBT ES KEINE GERADE LINIE.

UND DANN WÄRE DIESE VIELLEICHT AUCH NICHT DIE KÜRZESTE STRECKE DURCH DIE **ZEIT**.

IM HINBLICK AUF DIE WIND- UND STRASSENVERHÄLTNISSE MAG EINE LÄNGERE STRECKE DIE KÜRZERE SEIN.

UND DANN DARF MAN NICHT VERGESSEN, DASS EINE WENIGER DIREKTE STRECKE SOGAR DIE INTERESSANTERE SEIN KÖNNTE...

HEY!

VIEL ZU TUN?

ICH, MMH...

...ICH WAR...

HIER, EIN GESCHENK FÜR DICH.

EIN GESCHENK?

DAS IST SEHR LIEB VON DIR.

ICH HOFFE, ES GEFÄLLT DIR.

DAS IST EIN ATLAS,

ICH... ICH DACHTE, ES KÖNNTE DIR HELFEN... BEI DEINER ARBEIT,

MIR HELFEN?

ICH VERSUCHE, DEREN FEHLER ZU VERBESSERN!

OH, ES TUT MIR LEID, ICH WAR NUR,...

VERGISS ES,

MITTWOCH
~~DIENSTAG~~

EBBE... FLUT...

WIE WEIT UNTER WASSER KANN MAN DAS LAND NOCH LAND NENNEN?

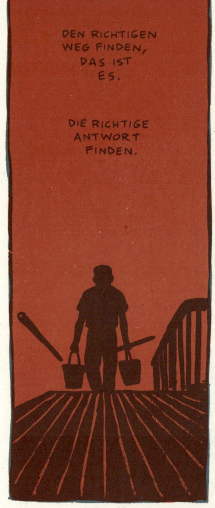

DEN RICHTIGEN WEG FINDEN, DAS IST ES.

DIE RICHTIGE ANTWORT FINDEN.

DAS PROBLEM IST NUR, DU DENKST, DU HAST ES, UND SCHON VERÄNDERT ES SICH.

SO, ALS SETZE DER MOMENT DES ZUSCHAUENS DIE VERÄNDERUNG IN GÄNG.

HALLO, ICH...

ZACK! RAT MAL.

ICH HAB'S GESCHAFFT! AUFGENOMMEN.

AUF...?

ZU WAS?

DAS AUSTAUSCHPROGRAMM VON DEM ICH ERZÄHLT HABE.

MIT JAPAN.

JAPAN?

ABER...

ABER DU MUSST DOCH NICHT NACH JAPAN, UM LITERATUR ZU STUDIEREN.

ZACK...

ICH STUDIERE KEINE LITERATUR. ICH KANN SIE NICHT AUSSTEHEN...

...ABER...

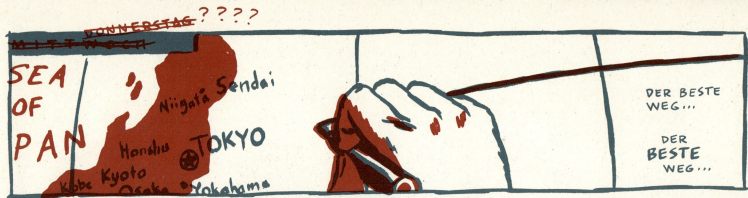
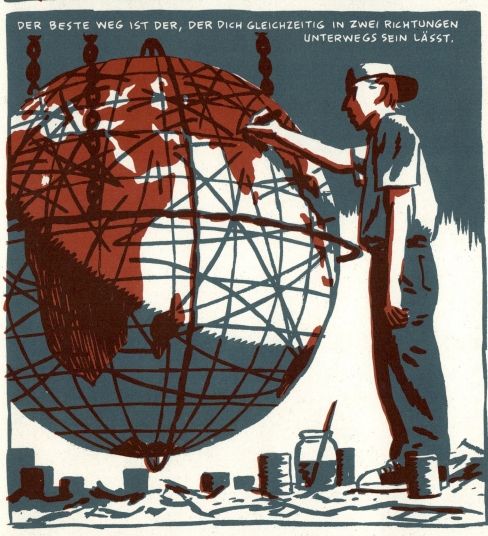

...WIE DIE MERCATOR-PROJEKTION, ALLES SCHIEN SO VERZERRT, DOCH NUN...

...SIEHT DIE FORM SO ZUFÄLLIG AUS...

...UND DAS GITTERNETZ SO: – SELBSTGEWISS...

...WIE DAS KOORDINATENNETZ MIT DEN ACHSEN x UND y...

...DOCH x KREUZT ALLES AUS UND y STELLT DIE FALSCHEN FRAGEN,

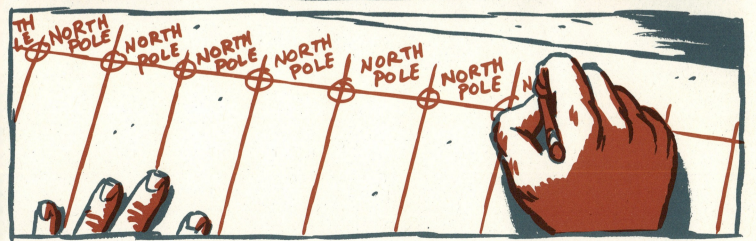

DIE GEOMETRIE DER KUGEL LEHRT UNS, DASS DU, WENN DU EINE RICHTUNG WÄHLST UND IHR LANGE GENUG FOLGST, SCHLIESSLICH AN DEN AUSGANGSPUNKT ZURÜCKKEHRST.

ENDE

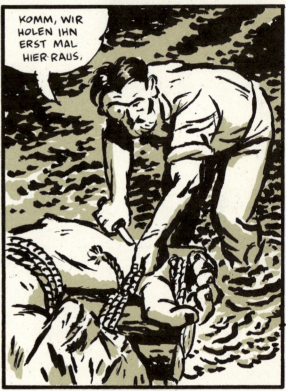

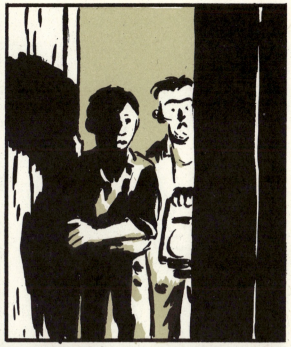

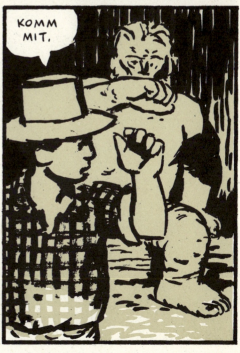

DANKE.

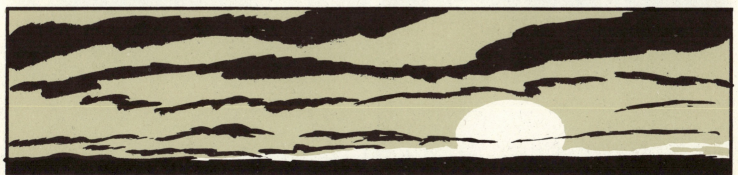

ICH WERDE DIE FRAGE NICHT LOS — IST DAS TEIL DER NATUR ODER TEIL VON GOTT?

ES SCHRECKT MICH AUCH, PETER.

ABER ... DIE NATUR IST NICHT IMMER SO, WIE WIR ES UNS VORSTELLEN.

WENN ICH NUR WÜSSTE ... WAS TUN?

DIE ANDEREN SIND SICH SO SICHER, ICH KANN IHNEN NICHT WIDERSPRECHEN, ABER ICH GLAUB, SIE IRREN SICH.

UND ICH KANN NICHT GUT REDEN.

DEN SANFT-MÜTIGEN, IHNEN SOLL DIE ERDE GEHÖREN.

VIELLEICHT ...

... ABER NUR, WENN WIR MEHR SIND ALS DER REST.

WOHIN GEHST DU?

NACHSCHAUEN, OB ICH NICHT DOCH GEWACHSEN BIN.

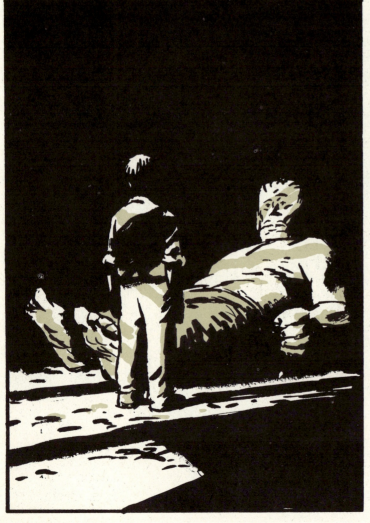

DAS IST DOCH
ZUM LACHEN.

WIR
DACHTEN,
WIR SEIEN
SICHER...

... ABER DAS IST FÜR
DICH DOCH NICHTS.

BLOSS EIN RING, DEN WIR UNS
SELBST DURCH DIE NASE ZIEHEN.

ZU, UND WIR MÜSSEN
NICHT MEHR NACHDENKEN.

AUF, UND ZU VIELE MÖGLICH-
KEITEN SCHWIRREN AUF UNS
ZU.

SCHAU, DU MUSST HIER WEG.

ICH WEISS NICHT, WER DU BIST, WAS DU GETAN HAST, ABER DIE KOMMEN WEGEN DIR HER...

...UND WENN SIE DICH SEHEN...

KOMM, DAS TOR IST AUF, LOS, GEHEN WIR!

RAUS!

MIT DEM HUND HAT DAS AUCH NIE GEKLAPPT.

NUN GUT.

ICH FÜRCHTE, ES IST NOCH NICHT VORBEI.

WIR SUCHEN ...

JA, DAS BIN ICH.

SIE HABEN VOR ZWEI WOCHEN BESCHWERDE EINGEREICHT, WEGEN... EINES, ÄH... LAND-, STREICHERS ...

ICH... JA... ICH GLAUB...

UNTERSCHREIBEN SIE HIER

. UND HIER.

UND HIER.

WO IST ER?

ER IST... IN DER SCHEUNE, ABER...

...HAT MAN IHNEN NICHT GESAGT...

...DASS ER EIN RIESE IST?

WAS?

ER IST EIN—

HEILIGE SCHEISSE!

WAS ZUM TEUFEL—?

HNNNNNNNNN
HNNNNNNNNN

WEG.

REBECCA?

IN DER
SCHEUNE.

ICH WUSSTE NICHT EINMAL MEHR WAS WIRKLICH WAR ...

... DIE ERDE, DER HIMMEL, EIN RIESE — UND IST DIE TÜR EINMAL AUFGESTOSSEN —

DIE ZIEGE MIT DEN ZWEI KÖPFEN, DAS TOTGEBORENE KALB: IST ES UNSERE AUFGABE, GOTTES FEHLER AUSZUBESSERN?

SIE SAGEN, GOTT HÄTTE DIE WELT IN SECHS TAGEN ERSCHAFFEN, UND AM SIEBTEN TAG RUHTE ER, ABER ICH GLAUB NICHT, DASS DAS STIMMT,

ICH DENK, ER IST IMMER NOCH DRAN.

GRR RH